Nessa

AF273426

LE CHOIX D'UNE Vie

ISBN: 979-10-94702-09-3 — © Vanessa Lenot — Juin 2019

DÉDICACE

DU MÊME AUTEUR
Raphaëla

Elles saisons 1 & 2

PROCHAINEMENT
Un si lourd secret

Elles saisons 3 & 4

Playlist

Si t'étais là — Louane

I'll never love again - Lady Gaga

Iris — Goo Goo Dolls

All I Need - Within Temptation

Aujourd'hui comme chaque jour depuis maintenant quatre ans, je regarde les gens passer, pris dans leurs bulles, obnubilés par leurs smartphones ou leurs écouteurs plantés sur leurs oreilles. Le monde a changé, les gens ne se regardent plus, ne communiquent plus. Le monde se perd un peu plus chaque jour et personne ne s'en rend compte. Prenez le jeune, là, il écoute sa musique les yeux dans le vague, totalement coupé de la réalité ou encore cette femme qui téléphone sans regarder où elle va. Avant, sans toutes ces nouvelles technologies ils faisaient un peu plus attention aux autres, peut-être auraient-ils vu la beauté du paysage avec ces jolis flocons qui tombent du ciel. Noël est dans un mois, l'occasion pour eux de montrer qu'ils ont de l'argent à dépenser inutilement en offrant à leurs proches des cadeaux qui finiront au fond d'un placard ou revendus sur internet. Voilà bien une fête commerciale que je déteste, elle me rappelle chaque année ma douleur et à quel point ma vie est minable.

Je suis devenu invisible aux yeux de ce monde qui me dégoûte. Parfois, une petite dame va s'arrêter et me donner une pièce, d'autres vont me regarder avec mépris se disant que si j'en suis là c'est que je l'ai mérité, mais ces gens-là, je les emmerde ! Ils ne connaissent pas mon histoire, ils n'ont pas vécu à ma place, ils ne sont pas tombés aussi bas que je le suis. Quand on n'a plus rien à quoi se raccrocher, quand on a tout perdu, on a deux solutions : mettre fin à ses jours ou essayer de se battre pour s'en sortir, trouver une raison de se lever le matin, mais je n'ai eu le courage pour aucune des deux. Alors je me suis laissé sombrer jusqu'à devenir l'ombre de moi-même, n'attendant qu'une chose : que la faucheuse se décide enfin à venir me soulager, mais cette connasse n'est pas décidée.

Les seuls qui me voient vraiment sont les enfants, ces toutes petites créatures pures et angéliques. Ils vous regardent de leurs yeux innocents, vous sourient juste parce que pour eux la vie c'est ça, être gentil envers son prochain. Et pourtant ce sont eux qui me font le plus mal, eux qui me rappellent ce que j'ai perdu ce 18 juin 2012, quand un chauffard a percuté leur voiture à plus de 130 km/h sur une route de campagne. J'y ai perdu ma femme, j'y ai perdu mon fils de sept ans, j'y ai perdu mon âme. Ce jour-là, nous devions emmener Thomas au zoo avec Éloïse, mais trop pris par mon boulot, je leur ai dit d'y aller sans moi. Elle m'en a voulu et ses derniers mots ont été « encore une fois tu nous laisses tomber, tu laisses passer ton travail avant ta famille, mais tu sais Sylvain, un jour tu pourrais bien le regretter. »
Elle avait raison. Si j'avais été avec eux les choses auraient peut-être été différentes, mais non, il a fallu qu'une fois de plus je fasse passer cette putain de boîte avant ma famille et j'ai tout perdu. La suite n'a été qu'une descente aux enfers. Dépression, alcool, dépôt de bilan, dettes, perte de mon logement, la rue, le froid, la solitude, le vide. Chaque jour, je me demande ce qu'elle penserait de moi si elle me

14

voyait, chaque jour je me dis que ce sera la nuit de trop et que le froid emportera avec lui ce qu'il reste de ma vie, mais chaque matin je me réveille et rien n'a changé. J'essaie toujours d'être le plus propre possible, je garde le peu de monnaie que je peux avoir pour grignoter et une fois par mois je vais à la laverie du coin laver mes vêtements. Et dès que je peux, je prends une douche dans le gymnase juste derrière. Le gardien est sympa et me laisse faire quand il n'y a plus personne, mais je n'aime pas abuser de sa gentillesse.

Complètement glacé, je décide de me lever et de me rendre trois rues plus loin dans un squat que je connais. Je n'aime pas y aller, je m'y sens moins en sécurité que dehors, mais la neige tombe plus fort maintenant, des plaques de verglas se forment et j'ai beaucoup trop froid. Je rassemble le peu d'affaires en ma possession et m'approche du passage piéton. Depuis que je suis dans la rue, j'ai pris l'habitude d'observer les gens et leurs manies, d'ailleurs de l'autre côté, une jeune femme discute au téléphone, l'enfant à ses côtés, son fils, je présume, joue au ballon. Encore une fois, la technologie coupe les gens de la réalité et cela m'agace au plus haut point. Et ce feu qui ne passe toujours pas au rouge...

Je vais pour rappuyer sur le bouton d'appel quand je vois le ballon du jeune garçon rouler sur la route. Celui-ci se met à courir après sans que sa mère ne le voie, trop prise dans sa conversation.

Une voiture arrive plus loin, l'impact est imminent, je lâche toutes mes affaires et cours aussi vite que possible. Les gens crient, mais ne bougent pas comme à leur habitude. J'arrive in extremis pour sauver l'enfant, je le pousse de toutes mes forces pour lui éviter l'impact, mais ne peux esquiver la voiture qui freine sans réussir à s'arrêter avec le sol glissant.

BAM !

Un gros choc puis je sens mon corps voler au-dessus de la voiture. Ça y est, c'est mon heure ! Je vais enfin les retrouver, je vais les serrer à nouveau dans mes bras. Il aura fallu que je sauve un enfant pour qu'enfin je puisse retrouver le mien. Je vois des images défiler, je nous revois le jour de sa naissance heureux comme jamais, je le revois quand il a soufflé sa première bougie, je la revoie me murmurer je t'aime. Je ferme les yeux, sens l'impact du sol et enfin le noir, le silence, la mort, la délivrance.

Elle est là, devant moi toujours aussi jolie, même encore plus, elle s'approche et tient Thomas par la main. Je cours à leur rencontre.

— Éloïse, Thomas ! Vous m'avez tellement manqué !
— Bonjour mon amour.
— Papa !
— Je suis enfin avec vous ! Je suis tellement

désolé, j'ai tant de choses à te dire ! Nous avons enfin l'éternité pour nous, mes anges.

— Non Sylvain, ton heure n'est pas venue. Je sais qu'on te manque, je sais que c'est dur pour toi, mais tu as encore plein de choses à vivre ! Nous sommes là, nous veillons sur toi.

— Quoi ? Mais non ! Regarde ma vie, je ne suis plus rien depuis que vous êtes partis ! Je n'attends qu'une chose : vous retrouver. Et le jour où enfin, c'est le cas, tu me dis que ce n'est pas mon heure !?

Les larmes coulent, je ne veux pas les laisser une nouvelle fois.

— Je sais, mais crois-moi, tu as encore plein d'années devant toi, et de belles choses à vivre. Nous serons là mon amour, nous veillons sur toi chaque jour, chaque seconde. Promets-moi de te relever, promets-nous de vivre et de ne plus survivre !

— Mais je ne peux pas ! Depuis que vous n'êtes plus là, plus rien n'a de sens. La vie est devenue terne, sombre et sans issue. Je ne veux pas repartir !

— Papa, j'ai vu ce que tu as fait ! Tu es mon héros, tu as sauvé le petit garçon.

Je les prends dans mes bras et les serrent fort. Je ne veux plus les lâcher. Mais je sens déjà quelque chose qui m'attire loin d'eux.

– Ne t'inquiète pas mon amour, nous serons là le jour venu, je te le promets, mais vis, aime, souris. Ne crois pas que je t'en voudrais si un jour, tu retrouves l'amour bien au contraire. Tu es un homme bon, le plus merveilleux au monde, tu le mérites. Tu as une seconde chance, ne la laisses pas passer.

— Mais je ne pourrais jamais aimer quelqu'un d'autre que toi. C'est impossible ! Tu es et resteras la seule.

Je sens que quelque chose me tire, je ne veux pas partir. Non ! Je ne veux pas de cette seconde chance !

— Papa, devient un héros pour tous les enfants de la Terre, je veillerais sur maman. Je t'aime.
— Mon garçon, je t'aime tellement !

Je les vois s'éloigner de plus en plus.

— Non, non, non, je ne veux pas vous quitter !
— On t'aime, prend cette deuxième chance ne la gâche pas.

Puis plus rien. De nouveau le noir, le silence, puis des bips, réguliers et stressants. Et soudain la douleur, l'impression que mon corps entier me brûle. J'ouvre les yeux, mais la lumière est trop forte, je les referme aussitôt.

— Il a bougé, s'il vous plaît infirmière venez.

À qui appartient cette voix ?

 18

— Merci attendez dehors.

— Monsieur ? Monsieur vous m'entendez ?

— Hum.

J'essaie d'ouvrir à nouveau les yeux, mais la lumière m'en empêche.

— La lumière, mes yeux...

— Oh ! Excusez-moi. Attendez, j'éteins celle du dessus.

Ah, enfin j'arrive à ouvrir les yeux. Je regarde autour de moi ne sachant pas trop où je me trouve. Une chambre d'hôpital. Je déteste ce lieu. Je vois maintenant l'infirmière penchée sur moi.

— Comment vous sentez vous ?

— Comme quelqu'un qui serait passé sous un train.

— Au moins vous avez de l'humour !

Je me redresse sur le lit, l'infirmière m'aidant en relevant le lit. Une fois assis, la tête me tourne légèrement.

— Ça va ? Vous vous sentez bien ?

— Oui, oui, c'est bon merci.

— Très bien tout d'abord, nous n'avons pas trouvé de papiers sur vous, pouvez-vous me donner votre nom et numéro de sécurité sociale s'il vous plaît ?

— Je m'appelle Sylvain Rouanet, par contre je ne

connais pas mon numéro de sécu je suis désolé...

— Ce n'est pas grave nous verrons plus tard pour les détails.

— Qu'est-ce que j'ai ?

— Rien de très grave une petite commotion cérébrale, des égratignures et la jambe cassée. Vous allez devoir garder votre plâtre pendant au moins un mois et demi. Nous allons vous garder vingt-quatre heures en observation et vous pourrez rentrer chez vous.

— Rentrer chez moi ? Vous voulez dire retourner dans la rue.

— Désolée c'était mal venu de ma part. Vous savez si vous voulez, on peut vous trouver une place en foyer le temps que votre jambe aille mieux.

— Non ça ira merci.

— Mais il y en a des très bons.

— J'ai dit non !

— Très bien. Je vous laisse, si vous avez besoin de quoi que ce soit le bouton d'appel est ici. Une personne veut vous voir, elle peut entrer ?

— Qui ça ? Je ne connais personne.

— C'est la maman du petit garçon que vous avez sauvé.

— Oh euh... Oui, laissez-là entrer.

— Très bien.

On frappe à la porte.

— Bonjour.

Je la reconnais, la femme de ce matin.

— Bonjour. Je suis désolée de vous déranger, mais je voulais vous remercier. Vous avez sauvé mon fils !

— Vous n'étiez pas obligée n'importe qui aurait fait la même chose...

— Non justement, personne n'a bougé ! Je ne l'ai même pas vu partir sur la route. Je ne suis pas une mauvaise mère, vous savez.

— Je ne vous juge pas, même s'il est vrai que vous ne le surveilliez pas. Vous étiez accaparée par votre téléphone, vous êtes tous omnibulés par vos appareils et ne prêtez plus attention à ce qui vous entoure, c'est comme ça.

— Non c'est faux ! Enfin si, mais... Vous ne comprendriez pas de toute façon. Ne croyez pas que la vie est facile pour nous. J'ai fait une erreur, une énorme erreur et je ne me le pardonnerais jamais. Vous avez sauvé mon fils, je vous en serais éternellement reconnaissante.

— Comment va-t-il d'ailleurs ?

— Bien, il n'a rien eu grâce à vous. Ils ont quand même voulu l'examiner, mais il n'a rien, mis à part quelques bleus. Ma mère est venue le chercher, je ne voulais pas partir avant que vous ne soyez réveillé.

— C'est gentil de votre part, je suis ravi de savoir qu'il va bien, c'est le principal. Maintenant, à vous de veiller à ce qu'il ne lui arrive plus jamais rien.

Je la vois hésiter entre partir et rajouter quelque chose quand enfin elle se lance.

— Écoutez, je sais qu'on ne se connaît pas, mais j'ai cru comprendre que votre situation n'était pas facile et vous allez avoir ce plâtre par ma faute pour un bon moment. Laissez-moi vous aider en vous accueillant chez moi le temps des soins.

— C'est très gentil, mais je dois refuser.

— Pourquoi ?

— Je ne veux pas de la pitié des gens, j'assume ma situation, je l'ai mérité même. Alors, n'insistez pas.

— Mais personne ne mérite de vivre dans la rue, ce n'est pas de la pitié. Vous avez sauvé mon fils, vous avez sauvé notre vie, je vous dois au moins ça ! On a tous besoin d'une seconde chance. Et puis, dans quelques jours, c'est Noël, personne ne devrait être seul ce jour-là !

« Seconde chance » dans ses mots résonnent ceux d'Éloïse, que dirait-elle si elle était là. Je ne peux pas accepter, comment aller vivre chez une personne que je ne connais pas, comment imposer ma présence, mes angoisses, ma mauvaise humeur à ces gens qui n'ont rien demandé. Et puis, les voir tous en famille autour du sapin de Noël alors que j'ai perdu la mienne serait beaucoup trop dur.

— Je suis désolé, mais c'est non. Je vous souhaite de joyeuses fêtes à vous, votre mari et votre fils, mais je ne peux pas accepter.

Je vois son visage se fermer et une larme perler au coin de son œil.

— Il n'y a que Lucas et moi, mon mari est décédé il y a bientôt deux ans, sans vous ma vie se serait arrêtée aujourd'hui, je n'aurais pas survécu à la perte de mon fils. C'est pour ça que j'étais au téléphone et absente, sa mère venait de m'appeler et comme à chaque fois c'est très dur. Habituellement je ne décroche pas en dehors de la maison, mais là, elle s'est mise à me harceler et à rappeler non-stop jusqu'à ce que je décroche à bout de nerf et mon fils a failli mourir...

Pris de cours par son aveu je ne sais plus quoi répondre.

— Je suis désolé pour vous deux. Je ne connais que trop bien ce que vous ressentez. Et c'est justement pour ça que je dois refuser.
— Écoutez je ne suis pas du genre à céder si facilement. Je reviendrai demain et je souhaite de tout cœur que vous ayez changé d'avis. Nous avons tous un ange gardien qui veille sur nous, vous avez été celui de mon fils aujourd'hui, laissez-nous être le vôtre.

Un ange gardien, ce mot me percute en plein cœur. Je revois Éloïse et Thomas me faire promettre de ne pas laisser passer cette seconde chance, me sourire et me dire qu'ils m'aiment. Je sais qu'ils me voient et qu'ils n'attendent qu'une chose. Je n'en ai pas envie, mais je leur dois au moins d'essayer.

— C'est d'accord.

Je la vois afficher un grand sourire avant de s'empresser de répondre.

— C'est vrai ? Oh ! Vous n'imaginez pas à quel point vous me faites plaisir ! Merci, merci pour tout. Nous nous occuperons bien de vous, je vous le promets.

— Merci à vous, mais vous savez cela fait des années que je suis seul, j'ai peur de ne pas être de très bonne compagnie.

— Je suis sûre du contraire ! Je vous laisse vous reposer, je serai là demain à votre sortie... Je ne vous ai même pas demandé votre prénom.

— Sylvain.

— Alors, à demain Sylvain. Moi c'est Cécile.

— À demain Cécile.

Les heures passent et mon esprit est ailleurs, ai-je eu raison d'accepter ? Cette femme a perdu son mari, elle n'a pas besoin d'une personne aussi détruite que moi dans sa maison. Elle paraît si jeune pour avoir vécu un tel drame, vingt-cinq ans tout au plus, heureusement qu'elle a eu son fils pour se raccrocher à la vie ! Moi qui ai horreur de Noël depuis maintenant quatre ans, je vais devoir le fêter avec eux et cette idée ne m'enchante guère.

Le premier jour

Je n'aime pas les hôpitaux, mais j'avoue qu'une nuit dans un lit m'avait manqué. Dormir au chaud ne m'a pas fait de mal, même si leurs repas sont toujours aussi insipides, le fait de manger quelque chose de chaud m'a fait du bien. L'infirmière de ce matin m'a aidé pour ma toilette, étant un peu handicapé par mon plâtre. Ayant récupéré mes sacs, j'ai pu trouver un jogging assez propre à me mettre et un pull. Le médecin est ensuite passé, validant ma sortie. Au moment où je lui annonce que je n'ai pas de quoi payer les frais d'hospitalisation, celui-ci m'annonce que tout est payé, ce sont les assurances du conducteur qui m'a percuté et l'État qui régleront ça.

Alors que je suis seul, je me remets à douter sur le fait qu'aller chez ces gens ne soit une bonne idée. Je n'ai pas le temps de réfléchir plus que la voilà devant moi.

— Bonjour Sylvain, comment allez-vous ?
— J'ai encore un peu mal à la tête, mais ils m'ont dit que ça passera. Et vous ? Comment va votre fils ?
— Bien, il est pressé de voir son sauveur comme tout le monde vous appelle.

Je lui souris, mais ne sais quoi répondre, peu habitué à tenir une longue conversation.

— Vous êtes prêt à y aller ?
— Oui.

27

Le chemin jusque chez elle ne dure que vingt minutes, mais celles-ci me paraissent interminables. Je ne sais pas ce qui m'angoisse le plus, aller chez ces inconnus, être considéré comme un héros (moi qui n'ai pas été capable de protéger ma famille) ou Noël qui approche...

Nous arrivons dans une rue bordée de bâtisses toutes aussi décorées les unes que les autres. C'est à celui qui sera le plus visible de l'espace.

Nous nous arrêtons devant une petite maison plain-pied en bois blanc, quelques lutins et un traîneau sur le jardin du devant, mais rien d'extravagant et des guirlandes lumineuses sur le bord du toit. Au moins je ne suis pas tombé chez des fanatiques de Noël c'est déjà ça.

— Nous voilà arrivés. Nous ne faisons pas le poids niveau déco par rapport à nos voisins, mais c'est plutôt joli vous verrez.

Je lui souris simplement en guise de réponse, mon angoisse monte un peu plus. Alors qu'elle descend de la voiture, le petit garçon que j'ai sauvé sort de chez lui, accompagné d'une femme d'une soixantaine d'années environ, et court vers sa mère.

— Maman tu es là ! crie-t-il.
— Oui mon amour, mais je ne suis partie que deux heures même pas.
— Tu m'as trop manqué ! Il est avec toi ? Hein,

hein, dis maman, il est avec toi mon sauveur ?

— Oui chéri il est avec moi, allez, viens, on va l'aider à porter ses affaires.

Je commence à sortir difficilement avec mes béquilles et mon plâtre quand celui-ci arrive à ma hauteur. Il s'arrête net, me regarde avec attention, puis me dit tout naturellement.

— Bonjour, je suis Lucas, maman m'a dit de ne pas t'embêter alors je dois être sage. Merci de m'avoir sauvé. Tu viens voir mes jouets ?

— Lucas, laisse Sylvain sortir de la voiture. Tiens, prends ce sac et ramène-le dans la maison avec mamie.

— Ouiii... Mamie, mamie, mamie, il est là, le sauveur, regarde ! Viens, on doit rentrer le sac.

Le voilà qui court vers sa grand-mère et l'entraîne dans la maison.

— Désolée, il déborde d'énergie.
— Pas de problème, c'est normal à son âge.
— Vous voulez que je vous aide ?
— Non, ça ira, merci, je vais m'en sortir.

Il me faut quelques minutes pour arriver jusqu'au palier de la maison. Je ne suis vraiment pas doué avec ses fichues béquilles. Cécile m'ouvre la porte, mon sac à la main.

– Bienvenue à la maison.
– Merci.

J'entre et découvre une entrée très joliment décorée, sobre et claire. Elle me fait signe d'aller au salon sur la droite et me montre le canapé. Après m'avoir aidé à caler ma jambe, elle me propose à boire, chose que j'accepte volontiers. Je suis dans un lieu inconnu et pourtant tout ici appelle au calme et à la bonne humeur. Le salon n'est pas très grand, un sapin y est décoré avec goût, une télé, une bibliothèque remplie, une table basse devant le canapé, deux fauteuils et c'est tout. Tout est accordé dans des tons taupe et beiges.

– Bonjour, je suis Gisèle la maman de Cécile.

Je ne l'avais pas vue entrer dans le salon, trop occupé à découvrir ce lieu du regard. Je suis sur le point de me lever pour la saluer quand elle me coupe dans mon élan.

– Non, non, ne bougez pas restez bien installé.
– Merci, bonjour madame, je m'appelle Sylvain
– Je vous remercie d'avoir sauvé mon petit-fils. Il est tout ce qu'il nous reste et si ma fille avait dû le perdre, elle n'y aurait pas survécu.
– Ne me remerciez pas s'il vous plaît, j'ai juste fait ce que n'importe qui aurait dû faire.
– Oh non mon petit! Croyez-moi, peu de gens sur cette Terre sont aussi courageux que vous. Vous

savez, ces deux dernières années ont été très dures pour elle, alors un peu de compagnie et un homme dans cette maison ne feront pas de mal. Même si je dois vous avouer, avoir eu un peu peur quand elle m'a annoncé vouloir vous héberger, mais vous avez l'air gentil et bon.

Cécile nous coupe en rapportant les cafés, Lucas déboule alors à son tour dans le salon comme une furie et commence à me montrer tous les jouets qu'il a pu mettre dans ses poches. Je l'écoute me raconter ses histoires et revois Thomas à son âge, débordant de vie. Mon cœur se serre, mais j'essaie de le cacher. À court de jouets sous la main, il s'arrête enfin au bout d'interminables minutes.

— Vous voulez peut-être vous reposer. Venez, je vais vous montrer où vous dormirez. Je vous ai installé dans la chambre d'amis, elle n'est pas très grande, mais vous y serez bien. Enfin, je l'espère.
— Ne vous en faites pas, quand on vit dans la rue on se contente de très peu. C'est déjà tellement gentil de votre part !

Elle m'entraîne dans le couloir sur la gauche du salon et m'ouvre la première porte.

— Voilà c'est ici. En face, vous avez la salle de bain, juste à côté les toilettes, et au fond, ma chambre et celle de Lucas. Si vous avez besoin de quoi que ce soit, n'hésitez pas.

– C'est gentil, merci.

J'entre dans la pièce qui n'est pas si petite que ça. Un grand lit en bois sur la droite, une belle armoire ancienne et un petit meuble avec une télé occupe l'espace. En face, une grande fenêtre donnant sur le jardin.

– J'y serai très bien, ne vous inquiétez pas. Encore merci Cécile.
– Non ne me remerciez pas, vous avez fait tellement !

Je la coupe aussitôt :

– Écoutez, à partir de maintenant vous ne me remerciez plus et je ne vous remercie plus, d'accord ?

Elle me lance un très joli sourire et accepte ma proposition.

– D'accord, mais tutoyez-moi s'il vous plaît.
– Alors, faites de même.
– Très bien, alors Sylvain, n'hésite pas, si tu as besoin de quoi que ce soit, je serai dans le salon. Tes affaires sont devant l'armoire et je t'amène les médicaments contre la douleur dans cinq minutes, le temps de voir ce que l'hôpital a donné.

– Merci.

Elle referme la porte et je me retrouve seul dans la pièce face à mon « bordel », mais je ne veux pas ranger mes affaires, je ne suis pas chez moi, bientôt il faudra repartir dans la rue et il est hors de question que je me réhabitue au confort.

Quelques minutes plus tard, Cécile frappe à la porte, me ramenant les cachets à prendre.

– Voilà pour toi tout est noté sur les boîtes. Veux-tu que je lave tes affaires ?
– Elles sont propres ! Je vais à la laverie dès que j'ai un peu d'argent.
– Oh ! Oui, bien sûr, désolée... Je ne voulais pas te blesser.
– C'est moi, pardon, j'ai été trop brutal. Finalement, j'aurais peut-être un ou deux pantalons à laver, mais je préfère le faire moi-même.
– Pas de soucis, je te montrerais où est la machine tout à l'heure. Je te laisse te reposer.
– Merci

Quel con ! Pourquoi lui ai-je répondu si méchamment ? Elle fait tout pour que je me sente bien, mais je n'y arrive pas. Je ne suis pas à ma place ici dans cette maison, mon foyer c'est la rue, c'est le seul endroit où je suis digne de vivre. Et pourtant ce lit m'appelle. Je décide de m'y allonger pour me reposer quelques minutes...

Hum, cette odeur... Mon estomac crie famine et me tire de mon sommeil. J'ouvre les yeux et découvre avec stupeur qu'il fait nuit. Merde, mais j'ai dormi combien de temps ?

Je me lève tant bien que mal, attrape mes béquilles et me dirige vers l'odeur appétissante de la cuisine.

– Supermaaaan !

J'ai à peine le temps de comprendre ce qu'il se passe que Lucas se rue sur moi. Superman, voilà comment je vais me nommer pour quelques semaines on dirait.

– Ça y est tu as fini de dormir ? Maman ne voulait pas que je vienne t'embêter, mais je voulais trop te montrer mes jouets et ma chambre alors j'ai attendu, mais tu dormais beaucoup. Tu as dormi trois heures et du coup maman m'a dit qu'on allait faire à manger, et du coup mamie m'a dit que...

– Stooop ! Lucas, ça suffit calme-toi et prend le temps de respirer quand tu parles. Désolée il est intenable depuis tout à l'heure.

– Aucun souci, c'est normal à son âge. Je suis désolé, je ne comptais pas dormir autant, c'est impoli.

– Mais non, ne dis pas n'importe quoi, au contraire c'est que tu en avais besoin. Tu ne dois pas avoir des nuits de tout repos habituellement.

– Non je l'avoue, dans la rue on ne dort pas sur ses deux oreilles.

– Dis, dis, dis, tu viens jouer avec moi ? Tu viens, je te montre ma chambre. Allez, s'il te plaît, s'il te plaît, s'il te plaît.

– Lucas, ça suffit ! Je t'ai dit de le laisser tranquille !

– Euh ! Non, c'est bon, je veux bien aller voir son petit monde.

– Ouaiiiiiiiiiiiiiiii !

À peine ma phrase terminée que Lucas court vers sa chambre.

– Tu n'es pas obligé.
– Je sais, mais ça me fait plaisir.
– D'accord. On mange dans dix minutes.
– Merci

Je la regarde retourner à la préparation du dîner et revois Éloïse à l'époque quand elle nous cuisinait de bons petits plats et que je profitais du moment pour passer mes bras autour de sa taille. Je ressens encore son contact contre ma peau, l'odeur vanillée de son parfum quand je lui embrassais le cou. Le manque se fait violent et me retourne l'estomac. Ne supportant pas la douleur plus longtemps je me détourne et pars rejoindre Lucas.

Ce premier repas à table entouré de cette famille a été dur pour moi. Me retrouver à nouveau avec des gens à qui parler, entouré du confort d'une maison a été compliqué à gérer. Les gens pensent que c'est simple et que ce doit être exaltant de retrouver le cocon d'une maison après avoir vécu dans la rue, mais c'est faux. Tout paraît trop parfait, la chaleur de la maison en devient presque étouffante. J'ai dû me faire violence pour ne pas partir m'enfermer dans la chambre pour être au calme.

La ferveur de Lucas et la gentillesse de Cécile, les voir tous les deux comme ça à table m'a rappelé Éloïse et Thomas, le creux dans mon cœur que je tentais de camoufler depuis toutes ses années s'est rouvert et la douleur s'est faite encore plus présente.

Je doute de plus en plus du bienfait de ce séjour, cela ne fait qu'une journée et je ne souhaite déjà qu'une chose : retourner dans la rue.

Une chose est sûre je ne me vois pas partager le repas de Noël avec eux, il va vraiment falloir que je trouve une solution rapidement.

La première semaine

Cela fait maintenant une semaine que je suis chez Cécile, et même si je commence à me détendre un peu, je ne supporte pas de lui être redevable.

Vivre aux crochets des gens est encore pire que de faire la manche. De plus, je ne peux même pas aider avec ce fichu plâtre !

Quant à Lucas il ne me lâche pas, les seuls moments de répit que j'ai sont quand il est à l'école ou que je suis dans ma chambre, j'y passe d'ailleurs le plus gros de mon temps. J'ai beau retourner le problème dans tous les sens avec ma jambe impossible de repartir dans la rue, il ne faudra pas trois heures avant de me retrouver dépouillé du peu de choses qu'il me reste. La rue est comme une grande arène remplie de rapiats. Dès qu'une personne est affaiblie ou en mauvaise condition, les autres en profitent pour lui prendre ses affaires, alors avec mon plâtre autant dire que j'ai peu de chance.

Aujourd'hui Lucas est malade alors Gisèle le garde pour dépanner sa fille. Alors qu'elle vient de coucher son petit-fils pour la sieste, elle tape à la porte.

– Vous pouvez entrer.

– Merci, je ne vous dérange pas ?

– Non du tout, ne vous inquiétez pas. Vous allez bien ?

– Oui, oui, je me demandais si vous m'accompagneriez pour une tasse de thé.

– Euh ! Oui, pourquoi pas...

– Très bien, je vais faire chauffer l'eau.

Je ne pouvais pas lui dire non, même si l'idée m'a effleuré l'esprit, et puis sa présence me met moins mal à l'aise que celle de Cécile.

Alors que nous sommes installés autour de la table basse, Gisèle m'explique qu'elle travaille dans la quincaillerie qu'elle a ouverte avec son mari il y a maintenant quarante ans. Au décès de celui-ci, il y a cinq ans, elle n'a pas voulu vendre et a continué à tenir leur boutique. Elle possède le commerce le plus ancien de la ville, les autres n'ayant pas tenu le cap entre les travaux d'urbanisation et les gros centres commerciaux qui ont vu le jour.

– À mon âge, je pense de plus en plus à fermer. J'ai passé l'âge de la retraite depuis quelques années déjà, mais cette boutique est toute ma vie. Cécile est adulte et jusqu'à il y a peu, elle n'avait plus besoin de moi. Elle avait sa propre famille et moi j'avais le fruit de quarante ans de travail. Mais depuis la mort de Pierre...

Les larmes aux yeux elle peine à finir sa phrase. Et moi j'en suis tout retourné.

– Depuis la mort de Pierre, plus rien n'est comme avant, Cécile n'arrive pas à faire front toute seule, c'est en partie pour ça que je songe à fermer la boutique, cela me permettra d'aller chercher Lucas à la sortie de l'école et de m'en occuper les mercredis et samedis quand elle travaille. Ce sera dur, mais le bien-être de ma fille passe avant tout.

– Vous ne pouvez pas prendre quelqu'un afin de ne pas fermer ?

– J'y ai pensé, mais il faudrait quelqu'un qui accepte un tout petit contrat et en qui j'aurais confiance et ça, c'est bien le plus compliqué à trouver...

– Je vous comprends, moi-même quand j'avais ma société j'avais beaucoup de mal à donner ma confiance...

Je reste songeur quelques secondes avant qu'elle ne me demande comment j'en étais arrivé là. Et là, sans comprendre pourquoi, je commence à me confier. Je lui raconte toute mon histoire, celle d'une mère partie trop tôt, d'un père qui, suite à son décès, est tombé dans l'alcool et m'a tourné le dos le jour où je lui ai montré une brochure de cure de désintox. Et enfin l'accident, puis ma descente aux enfers. Sans langue de bois, je lui confie mes peurs, mes remords et mon incapacité à surmonter leur décès tout en étant incapable d'en finir avec la vie.

Cette femme me fascine, nombreux sont ceux qui m'auraient jugé ou auraient porté un regard de pitié, mais pas elle. Son regard est triste et chaleureux à la fois. Elle prend ma main dans la sienne et les mots qu'elle me dit à ce moment-là, de sa voix si douce et maternelle, me retournent l'estomac.

– Sylvain mon petit, vous ne pouvez pas vous torturer comme vous le faites ! Je comprends votre douleur, je la vois chaque jour qui passe dans les yeux de ma fille. Elle a eu la chance d'avoir Lucas à qui se raccrocher et c'est ce qui la sauve petit à petit. Oui, vous avez aussi perdu votre fils et je n'ose imaginer la douleur que cela doit engendrer, mais vous finirez par trouver cette personne qui vous aidera. Cet accident n'était pas de votre faute, non. C'est la faute au destin, à la malchance, à qui vous voulez, mais pas la vôtre. Vous faisiez de votre mieux pour subvenir aux besoins de votre famille. Certes, peut-être pas comme il fallait, je n'en sais rien et je ne suis pas là pour le juger, je n'en ai pas le droit. J'ai survécu à la mort de mon mari, Cécile apprend à survivre au décès du sien, alors vous pouvez y arriver. Vous avez le droit de vivre et de ne plus vous contenter de survivre.

Je la regarde les yeux embués de larmes, toutes ces années, personne ne m'a dit que je n'étais pas responsable, personne ne m'a regardé comme elle le fait pour me dire que j'ai le droit de vivre... Sa main caresse ma joue et sans comprendre comment ni pourquoi je m'effondre dans ses bras. J'évacue tout ce que j'ai gardé depuis tant d'années comme je l'aurais fait dans les bras de ma mère si elle était encore en vie.

– Là mon petit, ça ira... Arrêtez de vous culpabiliser, vous n'êtes pas responsable, tout comme Cécile n'est pas responsable de la mort de Pierre. Et de là où ils sont, votre femme et votre fils n'aimeraient pas vous voir vous torturer comme vous le faites. Il est temps de remonter à la surface et de respirer...

Elle reste à me consoler pendant un temps indéfini, mes larmes ne cessent de couler, je ne peux plus les arrêter et plus les minutes passent plus je sens ce poids sur ma poitrine me laisser un peu plus respirer. Je sais que le chemin sera encore long, mais ses mots m'ont touché et à cet instant je me permets de croire que, oui, j'ai peut-être le droit à cette seconde chance.

La deuxième semaine

Depuis ma conversation avec Gisèle, je me sens plus léger. J'essaie d'aider Cécile au maximum dans la limite de mes possibilités. Un soir je lui ai fait à manger avant qu'elle ne rentre du travail, des spaghettis bolognaises, mais la préparation m'a pris un temps fou, car je ne trouvais rien dans les placards. Et au final il y en avait partout dans la cuisine, j'ai fait tomber un bocal de sauce tomate par terre et nettoyé comme j'ai pu, mais avec les béquilles je suis vraiment empoté. La pauvre a passé plus de temps à ranger et nettoyer qu'autre chose, mais elle était contente de l'initiative et Lucas heureux, car c'est son « plat préféré du monde entier » comme il dit. J'ai aussi pris la décision de me raser et tenté de discipliner mes cheveux afin de ressembler enfin à un homme de trente-six ans, mais ça ce n'est pas gagné.

Nous sommes mardi et comme chaque mardi chez eux ce soir c'est soirée lecture, un rituel qu'ils avaient déjà avant le drame, car c'est un soir où elle et Pierre rentraient beaucoup plus tôt du travail et qu'elle conserve encore maintenant.

Ce soir Lucas choisit trois livres à faire lire à sa mère. Je l'entends du salon rigoler dans sa chambre à de nombreuses reprises et Cécile faire de drôles de voix. Les écouter tous les deux me rappelle l'époque où Éloïse faisait la lecture à Thomas, il adorait ce moment et moi j'aimais les entendre alors que je travaillais dans le bureau juste à côté.

Je me rends compte maintenant que même pour

ces petits moments privilégiés de la vie je n'ai pas su être présent. Alors que je suis pris dans mes souvenirs, Cécile arrive dans le salon.

— Tu es encore là ? me demande-t-elle surprise.
– Oh oui pardon je vais dans ma chambre, désolé.
– Non, non au contraire, ça fait plaisir de voir que tu n'as pas fuis juste après manger. Je finissais par me demander si ce n'était pas ma compagnie qui te faisait peur.

Tous les soirs pendant que nous préparons le repas nous discutons beaucoup, mais je ne veux pas m'imposer donc dès qu'elle part coucher Lucas je file dans ma chambre. Seulement aujourd'hui j'ai un peu traîné et me suis fait avoir.

— Non pas du tout j'essaie juste de te déranger le moins possible, cette situation me gêne. Je suis là chez toi à ne pas pouvoir faire grand-chose pour t'aider, alors c'est vrai qu'au moment où tu couches Lucas je me dis que tu préfères sûrement être tranquille plutôt qu'avoir un inconnu à qui faire la conversation.
– Tu n'es plus un inconnu voyons. Et puis parfois il est bon d'avoir de la compagnie, surtout les soirs comme aujourd'hui où la solitude et la tristesse prennent le dessus. Je vais me faire une tisane, tu en veux une ?

Je sens dans sa voix un profond désespoir, ce qui

me pousse à accepter sa demande.

– Avec plaisir.

Un léger sourire se dessine sur son visage et elle part dans la cuisine faire chauffer l'eau. Quand elle revient avec les deux tasses je vois bien que quelque chose ne va pas, ses yeux sont tristes et rouges comme si elle avait pleuré. Elle me tend la mienne et s'assoie près de moi sur le canapé. Je la laisse dans ses pensées n'osant pas la déranger, mais au bout de quelques minutes je craque et lui demande ce qui ne va pas.

– Je ne veux pas être indiscret, mais ça ne va pas ce soir ? Je te sens ailleurs et triste.
– Je suis désolée Sylvain, le soir où enfin tu restes avec moi je ne suis pas de bonne compagnie.
– Je ne l'ai pas été non plus les autres fois, tu sais. Mais si tu veux parler, je suis là et ne crois pas que cela va me déranger.

Je la sens hésiter, elle remonte ses jambes le long de son corps, cache son visage et sans que j'y sois préparé se met à pleurer. Je me suis tellement coupé du monde et des relations humaines que je ne sais pas comment réagir. Je reste là à la regarder sombrer, puis me rappelle combien craquer dans les bras de Gisèle m'a fait du bien, alors je finis par me rapprocher et la prendre dans mes bras. Elle pleure ainsi pendant un long moment avant d'enfin se calmer, se détacher de moi et me remercier. Quand elle s'éloigne, je ressens un étrange vide que je ne comprends pas. Quand enfin elle se calme complètement elle reprend la parole.

– Je suis désolée, depuis deux ans je fais tout pour être forte aux yeux de tous, mais parfois le mur s'effondre et je n'y arrive plus. La réalité m'a rattrapé et j'ai beau avoir essayé, c'est trop dur. Il aurait dû fêter ses trente ans aujourd'hui, nous aurions dû faire la fête et être heureux. Au lieu de ça, je suis plus seule que jamais et il me manque terriblement.
– Tu n'es pas seule, tu as Lucas.

Elle lève les yeux vers moi et sans jamais baisser le regard se confesse.

– Ce que je vais te dire va te paraître horrible et inhumain, mais parfois j'aimerais ne jamais avoir eu mon fils, au moins je serais libre de partir le retrouver, je pourrais enfin mettre fin à cet enfer qu'est devenue ma vie.

Ses mots me blessent, me révoltent moi qui donnerais tout pour avoir mon fils à mes côtés, elle ne voit donc pas la chance qu'elle a... Et en même temps aurais-je réussi à être plus fort s'il avait été là ? N'aurais-je pas sombré comme elle le fait ?

– Tu sais parfois on pense pouvoir en finir avec tout ça et finalement on en est incapable.

50

Elle me regarde pensive et ajoute.

– Alors tu ne me trouves pas horrible ?

– Non... bien sûr que non. Même si je pense que tu ne réalises pas la chance que tu as d'avoir ton fils, cette partie de Pierre qui restera à jamais sur terre. Je connais ta douleur, mon Dieu que je la connais... Je la vis chaque minute qui passe et crois-moi il n'y a pas un jour où je ne prie pas pour que cet enfer prenne fin.

– On ne s'arrêtera donc jamais de souffrir ?

– Je n'ai pas trouvé la potion miracle en tout cas... Le manque, la douleur sont là chaque jour qui passe, ils s'incrustent dans chaque cellule de votre corps et vous prennent en otage.

– Tu n'as jamais essayé de franchir le cap ? Je veux dire, mettre fin à toute cette souffrance ?

Je sens tellement de détermination dans son regard à ce moment-là.

– J'y ai pensé plus d'une fois. J'ai essayé de mettre fin à cette souffrance, mais j'en ai été incapable. J'ai essayé de me noyer, de me pendre aussi. Je me rappelle d'une fois où j'étais sur le rebord d'un pont, le train allait passer, mais au moment de sauter, je les ai vus, Éloïse et Thomas. Je suis resté tétanisé et j'ai repassé la barrière du bon côté. J'ai pleuré pendant des jours après ça, je me trouvais lâche de ne pas réussir à les rejoindre, mais je n'ai plus jamais retenté de me tuer. Je suis juste condamné

51

à attendre.

— J'y ai pensé aussi, tu sais. Pierre était malade, ça faisait un mois qu'il était hospitalisé et il devait enfin rentrer à la maison. Quand je suis partie le chercher, les médecins m'ont annoncé qu'il avait fait une rechute et que son cœur avait déjà fait deux arrêts. Je n'y comprenais rien, il allait mieux... Une heure plus tard, son cœur s'arrêtait de nouveau pour ne jamais repartir. Ma vie s'est arrêtée, en sortant de l'hôpital j'ai voulu mourir, j'ai voulu mettre fin à tout ça, mais je n'ai pas réussi. Parfois, je me dis que ça aurait été la meilleure des solutions, pour Lucas aussi, au moins il n'aurait pas eu une mère au bord du gouffre.

Sa douleur me transperce le cœur.

— Tu as tort, un enfant aura toujours besoin de sa maman et encore plus Lucas. Il ne lui reste plus que toi, tu es son repaire dans ce monde cruel qui lui a enlevé son père. Et puis même si cela te paraît impossible maintenant parce que tout ça est trop récent, un jour tu trouveras de nouveau le bonheur.

— Dis l'homme qui n'en croit pas un mot et qui vit dans la rue pour ne pas affronter la vie...

Sa remarque me fait sursauter, et je la vois également surprise de ce qu'elle vient de dire, elle cache sa bouche avec ses mains les yeux écarquillés et me lance un « je suis tellement désolée » que cela en devient comique. Nous nous regardons et nous partons dans un fou rire incontrôlable. Impossible de nous arrêter, je n'avais pas rigolé ainsi depuis des années. J'ai beau essayer de me calmer, celui-ci reprend de plus belle. J'en pleure, j'en ai mal au ventre et Cécile est dans le même état que moi. Tout en rigolant elle me balance un «je suis tellement désolée, c'était tellement méchant» ce qui me fait repartir de plus belle.

Nous finissons par nous calmer. Je sens des crampes dans mon ventre tellement nous avons ri. Je ne me rappelais pas le bien que ça pouvait faire.

– Non c'était tellement vrai ce que tu viens de dire. Merci Cécile.

Elle relève la tête d'un coup et me regarde sérieusement.

– Merci de quoi ? De t'avoir dit un truc horrible ?
– Non, de m'avoir montré que parfois la vie peut aussi nous offrir de bons moments même quand on pense que cela n'est plus possible.

Je fais une pause et enchaîne.

– Tu as raison, je me suis laissé tomber plus bas que terre, car je n'avais plus foi en la vie, mais je dois t'avouer que depuis que je suis avec vous, j'ai repris espoir et peut être qu'un jour j'arriverai à m'en sortir, alors merci.

Son regard s'illumine et un magnifique sourire orne son visage.

– Je suis heureuse que nous ayons réussi à te redonner espoir et je te promets de ne plus jamais avoir ce genre de pensées. Tu as raison, Lucas a besoin de moi, j'ai la chance de l'avoir encore avec moi et je ne peux pas me laisser aller comme ça.

Son regard, son sourire, sa façon de le dire. Ce soir, j'ai la certitude de l'avoir aidé et j'en suis fier.

– Sylvain ?

Elle semble tout à coup inquiète.

– Oui ?
– Il me reste quelques vêtements à Pierre, tu me ferais vraiment plaisir si tu acceptais de les prendre.

Je vais pour répondre quand elle me coupe.

– Ce n'est pas de la pitié ! Ce sont des affaires auquel je tiens et je ne voulais pas les donner à n'importe qui. Mais toi, tu as sauvé la vie de mon fils, tu viens de changer la mienne, alors je veux vraiment que tu les prennes. Et moi j'ai besoin de m'en séparer pour écrire une nouvelle page de mon histoire.

Sa demande me prend complètement de cours, je n'en veux pas de ces affaires, j'en ai déjà. Mais je sens que sa demande est sincère et que si je refuse je vais la rendre triste. Alors contre toute attente...

– J'accepte...
– Vraiment ? Merci !

Et elle se jette dans mes bras. Pris de cours je ne sais pas trop comment réagir. Je ressers mes bras autour de son corps et profite de la chaleur que cela me procure. Elle se détache légèrement, son visage à quelques centimètres du mien. Ses yeux font des allers-retours entre les miens et ma bouche, j'hésite puis me rapproche un peu plus. Je sens son souffle se mêler au mien. Il faut quelques secondes de plus pour qu'elle réduise à néant le minuscule espace qui nous séparait.

Ses lèvres sont juste posées sur les miennes, aucun de nous ne bouge. J'ai l'impression d'embrasser pour la première fois. Elle recule doucement, sonde mon regard cherchant une quelconque réaction. Ce regard, cette bouche, cette douceur. Ses lèvres me manquent déjà et je me jette sur sa bouche.

Nos langues se caressent et la sensation qu'elle me procure me donne des frissons. Son corps se colle au mien, et je perds mes moyens. Mais que fai-sons-nous ? Je n'arrive pas à m'arrêter, sa main se pose sur mon torse, sa chaleur me brûle au travers de mon tee-shirt.

Nos baisers s'enflamment, mes mains parcourent son corps, la tension monte. Cécile me pousse vers le fond du canapé et monte à califourchon sur moi.

Nous sommes en train de faire une énorme connerie, nous le savons tous les deux, mais n'avons aucune envie de nous arrêter. C'est comme un besoin vital que nos corps nous réclament. Sa main passe sous mon tee-shirt, puis entreprend de me l'enlever. Mon corps si longtemps laissé à l'abandon frissonne de partout. Je me retrouve alors torse nu sur le canapé d'une femme que je ne connaissais pas il y a encore deux semaines à l'embrasser avec une ferveur que j'avais oubliée.

Mes mains s'aventurent sous son haut et caressent son corps bouillant d'une douceur infinie. Quand ma main vient se poser sur ses seins son corps ondule, elle se cambre et devient encore plus entreprenante. Sa bouche quitte la mienne, elle se redresse légèrement et enlève son haut.

Elle est magnifique, pas le corps d'un top model non, mais le corps d'une femme, une vraie, qui a eu un enfant et dont le corps a souffert. C'est ce qui la rend encore plus belle. Elle me voit la détailler et semble gênée.

— Je ne suis pas la femme parfaite désolée.
— Oh non ne le soit pas, tu es magnifique.

Elle rougit et ses yeux n'en sont que plus pétillants.

— Alors que dirais-tu d'aller dans ma chambre ?

Elle me pose la question telle une ado prête à vivre sa première fois et tout à coup je prends conscience de ce qui se passe.

– Cécile, tu ne crois pas que nous faisons une énorme erreur. Je ne sais pas ce que tu attends, mais d'ici quelques semaines je disparaîtrais et...

– S'il te plaît. Me coupe-t-elle. Je n'attends rien, je ne te demande rien. Mais s'il te plaît, ne gâche pas ce moment, laisse-moi me rappeler juste pour une nuit ce que ça fait d'être une femme. Pas une veuve, pas une mère, mais juste une femme. Laisse-nous cette nuit en échappatoire à cette vie.

Sa demande me coupe l'herbe sous le pied, d'un côté j'ai très envie moi aussi de retrouver cette sensation, mais je n'oublie pas qui je suis, d'où je viens et où je retournerai.

Comme si elle lisait dans mes pensées, sa phrase suivante me percute.

– Oublions pour une nuit qui nous sommes et soyons juste un homme et une femme qui comblent un besoin vital de vivre.

La troisième semaine

Voilà une semaine que nous avons couché ensemble, et que cette nuit magique habite mes rêves. Je suis retourné dans ma chambre avant que Lucas ne se réveille. Nous avons eu une discussion et étions tous les deux d'accord sur le fait que cela ne représentait rien de sérieux et ne nous engageait à rien. Nous en avions besoin l'un comme l'autre, besoin de se sentir libre et vivant. Juste une nuit. Et de nous prouver que malgré la perte de nos âmes sœurs, nous pouvions vivre à nouveau. Parfois, nous échangeons un regard complice qui veut simplement dire « merci ».

Dans sept jours c'est Noël et étrangement j'appréhende beaucoup moins ce moment. Mon premier Noël loin de la rue et du froid, je sais que cela n'est pas définitif et bientôt il me faudra partir, mais depuis quelques jours l'impatience et l'excitation de Lucas me donne chaud au cœur. Partager leur quotidien pendant ces quelques semaines m'a donné envie de m'en sortir, si je n'ai pas le courage de mourir alors je dois avoir le courage de vivre.

Nous sommes mercredi et Gisèle rentre de l'école avec Lucas. Alors que je l'aide à la préparation du repas, j'en profite pour lui demander un service.

– Gisèle, je sais que vous êtes très occupée, mais j'aurais un service à vous demander.
– Vas-y mon petit, je t'écoute.
– Voilà, ces quelques semaines avec votre famille

m'ont donné envie de m'en sortir, vos mots la der-
nière fois m'ont fait un électrochoc.

– Oh quelle bonne nouvelle !

Elle me prend dans ses bras les larmes aux yeux.

– De quoi as-tu besoin ?
– Pourriez-vous me déposer dans le centre-
ville, jeudi de la semaine prochaine ? J'ai pris rendez-vous avec une association pour qu'elle m'aide à
me réinsérer et reprendre une vie normale.
– Mais bien sûr, aucun souci, à quelle heure est
ton rendez-vous ?
– 15 h, je me suis dit que vous pourriez venir me
chercher avant d'ouvrir à 14 h et comme ça je reste-
rai un peu avec vous au magasin. L'association n'est
pas très loin donc je pourrai facilement y aller à pied
même avec les béquilles, je m'en sors mieux depuis
que je peux poser le pied.
– C'est une très bonne idée, comme ça je te montrerais mon deuxième chez moi.

Elle part chercher Lucas dans sa chambre pour
qu'il vienne manger et je l'entends dans le couloir
dire doucement « Merci mon Dieu, enfin une bonne
nouvelle ».
Sa remarque me fait sourire, je l'ai vue plusieurs
fois depuis notre discussion et elle a toujours ce ton
maternel et bienveillant. Tout ce qui m'a manqué
après le drame.

Nous passons la journée à discuter et à jouer avec Lucas et au moment de sa sieste, j'accepte même de faire une partie de scrabble avec elle.

Au retour de Cécile juste avant le départ de sa mère, celle-ci lui demande si elle peut garder Lucas le lendemain soir, car son patron les invite tous au restaurant afin de fêter la vente d'une grosse maison.

– Oh! Je suis désolée ma chérie, mais je suis prise. C'est le soir de mon club littéraire, ça n'a lieu qu'une fois par mois. Je peux aller le chercher après l'école, mais je ne pourrai pas rester.
– Ce n'est pas grave maman, je vais annuler.
– Non, non, ma chérie! C'est important d'être bien vu de son patron, je vais annuler. Elles pourront bien se passer de moi pour cette fois.

Je les vois bien embêtées et avant même de comprendre ce que je fais, je leur propose mon aide.

– Cécile, si tu as assez confiance en moi, je veux bien te le garder demain soir. Si vous pouvez me le déposer après l'école Gisèle, alors aucun problème pour moi.
– Vraiment? Tu es sûr?
– Oui vraiment, on s'amuse bien tous les deux, et puis on a un château en LEGO à finir de construire.

Gisèle tape dans ses mains, un grand sourire aux lèvres.

– Affaire conclue, je dépose Lucas après l'école, je lui fais prendre son bain et ensuite je file à ma soirée.

– Merci Sylvain !

Je ne vois aucune crainte dans ses yeux, au contraire, et cela me réchauffe le cœur.

Jeudi soir.

Après avoir déposé et douché Lucas, Gisèle nous laisse pour une soirée « entre mec ».

Nous avons mangé, joué aux LEGO, lu pas moins de six histoires et grignoté quelques bonbons (notre secret) l'heure de le coucher est venue, mais il est tellement excité que j'ai bien peur qu'il ne s'endorme pas tout de suite. Je me rends compte que ce genre de soirée, je ne l'ai jamais fait avec mon propre fils, je ne voyais que par le boulot et j'ai négligé ces moments-là aussi.

– Bonne nuit bonhomme, dort bien.

– Merci Superman, c'était trop bien, je suis trop content que tu vives ici ! Tu vas rester hein, tu ne me laisseras pas hein, tu vas devenir mon nouveau papa hein ?

Sa question me prend de cours, je ne m'attendais pas à ça. Je m'assois à côté de lui pour prendre le temps de lui répondre.

– Oh Lucas, tu sais je suis très content de vivre ici avec toi, mais il va bientôt falloir que je vous laisse toi et ta maman, ma jambe est bientôt guérie... Et puis tu as déjà un papa, je ne peux pas le remplacer.

– C'est faux je n'ai plus de papa et c'est trop nul parce qu'à l'école je suis le seul à ne pas avoir de papa. Louis lui, il en a deux des papas, et il ne veut même pas m'en prêter un.

– Mais mon grand on ne peut pas prêter un papa, et puis tu en as un. Je sais qu'il n'est plus là à côté de toi, mais du ciel il veille sur toi tous les jours. Et puis, il est dans ton cœur, et c'est le plus important. Et si à l'école on te dit quelque chose, alors, réponds-leur que toi tu as une super maman qui t'aime deux fois plus.

– Mais tu vas pas partir hein ? Moi je veux pas que tu partes, s'il te plaît !

Il se met alors à pleurer. Comment faire comprendre à ce petit bonhomme que malheureusement je vais devoir partir sans lui briser le cœur. Pour ce soir en tout cas je n'en ai pas la force, alors je me contente de lui répondre :

– Pour le moment, je suis toujours là, d'accord ? On a encore plein de jeux à faire tous les deux et puis, c'est bientôt Noël, on va passer un super moment,

65

tu verras.

Il reste là, à pleurer dans mes bras encore quelques minutes avant de tomber de fatigue et s'endormir.

Quand je retourne dans le salon, mon cœur que je pensais pourtant déjà piétiné, souffre encore un peu plus. Je ne pensais pas en venant ici que je ressentirais autant d'émotions. Je me suis attaché à ce gamin, à Cécile et Gisèle, et de savoir que bientôt tout ceci sera fini me brise.

La quatrième semaine

Lundi.

Depuis ma soirée avec Lucas, il ne me quitte plus. Il voulait même rester avec moi la journée au lieu d'aller chez sa grand-mère paternelle, mais Cécile a refusé, car ces quelques jours étaient prévus depuis déjà de nombreuses semaines.

Je n'ai pas osé parler à Cécile de ce qu'il m'a dit de peur de la blesser. Avant de partir, il ne m'a pas redemandé si j'allais rester ce qui m'arrange assez, mais j'appréhende le moment où il faudra partir et les laisser. Ce week-end c'est Noël et j'aimerais faire quelque chose pour eux, je ne suis pas adepte des cadeaux achetés, pour moi cette fête n'a plus rien de traditionnelle, elle est devenue commerciale et sans saveur et en même temps je n'ai pas d'argent donc cela clôt le problème.

Tournant en rond dans la maison vide je décide d'aller jeter un coup d'œil au garage, je n'ai vu personne y aller depuis mon arrivée comme si cette pièce était sacrée, et en entrant dedans je comprends pourquoi. Il est entièrement aménagé en atelier, le temps y est comme suspendu.

L'odeur du bois et des produits me rappelle celle de l'atelier de mon grand-père avec qui j'adorais bricoler petit. Des outils sont encore posés sur l'établi avec des plans posés dessus, il y a aussi des planches, des vis... En jetant un œil dessus j'y découvre une jolie cabane à oiseaux dessinée, sûrement un projet qu'il avait et qu'il n'a pas eu le temps de fabriquer. En prenant les plans dans mes mains pour regarder de plus près, des feuilles tombent, en les ramassant je découvre une lettre que Pierre préparait, en lisant je prends connaissance de la raison de ses croquis et de l'occasion pour laquelle il préparait cette surprise.

Je me pose sur le tabouret et hésite, dois-je tout poser et faire comme si je n'avais rien vu ou alors finir ce qu'il avait commencé pour sa bien-aimée, j'ai toujours été très bricoleur et cela ne me prendrait pas énormément de temps. Je finis par prendre la décision de construire cette cabane, je passe plus de quatre heures à tout assembler et visser. Pierre avait déjà bien avancé le travail en découpant tous les morceaux à la bonne échelle.

La maison est sur deux étages, il a même prévu l'emplacement des fenêtres et de petits ornements pour la décorer. Je passe une première couche de peinture et décide de m'arrêter pour aujourd'hui, Cécile et Lucas ne vont pas tarder et je ne voudrais pas qu'ils découvrent ce que je fais. Une fois la cabane cachée je retourne dans la maison avec le sentiment d'avoir accompli une bonne action.

Je passe les deux jours suivants à finir la cabane et fabriquer de petites choses pour Lucas et Gisèle avec les morceaux de bois restant.

Jeudi :

Jour de mon rendez-vous avec l'association, comme convenu Gisèle vient me chercher avant 14 h. Arrivé dans sa boutique je me sens comme dans l'atelier de Pierre, propulsé dans mon enfance avec mon grand-père. C'est d'ailleurs de lui que je tiens tout ce que je sais.

Je suis sous le charme de ce magasin, une vieille quincaillerie comme il n'en existe presque plus avec tout ce qu'il faut pour tenir d'une main de maître sa maison. Outils, visseries, produits en tout genre, peinture... Tous les présentoirs et meubles ont l'air d'être fabriqués maison et on y voit tout l'amour qu'a mis son mari dans sa boutique. J'ai l'impression d'être un enfant dans un magasin de jouet.

— Alors mon petit, qu'en penses-tu ? Tu as l'air bien songeur.

— Oh si vous saviez, vous venez de me renvoyer dans mon enfance. C'est magnifique. Les étagères sont faites maison n'est-ce pas ?

— C'est exact, tu as l'œil ! C'est mon Michel qui a tout fait ici. Il a passé des semaines à construire ses étagères et autant dire qu'elles sont très résistantes.

On ressent toute la fierté qu'elle a pour son mari quand elle en parle. Je comprends qu'elle ne veuille pas fermer, dans le monde d'aujourd'hui il serait rasé pour être remplacé par une chaîne de magasin ou un immeuble.

Je passe la demi-heure suivante à regarder Gisèle s'occuper de ses clients, je n'aurais pas pensé qu'elle en aurait autant. Dès que je le peux, je l'aide, mais avec les béquilles ce n'est pas simple. Elle finit par me montrer comment me servir de sa caisse enregistreuse et pendant qu'elle conseille ou oriente les personnes je m'occupe d'encaisser les clients.

Nous ne voyons pas le temps passer, à croire que toute la ville s'est donné rendez-vous ici.

— Comme c'est gentil d'être venu aider notre Gisèle mon garçon, nous venons depuis l'ouverture, mais depuis quelque temps nous la sentons tellement fatiguée.

— C'est avec plaisir que je le fais.

Les clients sont gentils et pour la plupart ils viennent ici depuis des années. Quand enfin ça se calme un peu, Gisèle revient en caisse et regarde l'heure, horrifiée.

— Mon dieu Sylvain tu as raté ton rendez-vous !

Je regarde l'heure : effectivement il est déjà 16 h 30.

— Ne vous inquiétez pas, je les rappellerai et leur expliquerai. Je reprendrai rendez-vous pour la semaine prochaine.

— Je suis tellement désolée ! Mais pourquoi ne

pas me l'avoir dit ?

– Je vous avoue que je n'ai même pas fait atten-tion. D'ailleurs, comment faites-vous en temps normal pour gérer tout en même temps ?

– C'est une question d'habitude et puis mes clients sont gentils et patients. Mais je t'avoue qu'au-jourd'hui il y a eu vraiment beaucoup de monde, j'en ai été moi-même étonnée. Je suis tellement désolée pour ton rendez-vous cela va retarder tout ce que tu voulais entreprendre.

– Vraiment Gisèle, ne vous en faites pas. Passer cette après-midi avec vous m'a fait très plaisir et je crois que cela va même m'aider dans mes choix d'orientation que je vais leur donner.

– C'est déjà une bonne chose. Que dirais-tu d'un petit café ? On l'a bien mérité non ?

– Avec plaisir.

Elle m'emmène dans l'arrière-boutique où une petite cuisine fait office de salle de repos. Nous pro-fitons de ce petit moment de répit quand un client arrive. Je vois que Gisèle est fatiguée alors je lui pro-pose de me laisser m'en occuper. Après dix minutes de conseil le client repart ravi et moi satisfait.

En fin de journée au moment de fermer le maga-sin Gisèle me tend une enveloppe.

– Qu'est-ce que c'est ?
– Tout travail mérite salaire mon petit.
– Ah non, c'est hors de question, je ne vous ai pas

aidé pour vous faire dépenser de l'argent, je ne veux rien.

Je repose l'enveloppe devant elle et la refuse. Je la vois froncer les sourcils, signe annonciateur que je vais me faire engueuler.

— Alors, écoute-moi bien ! Tu vas me prendre cette enveloppe et la conserver bien précieusement et si jamais tu oses une nouvelle fois la refuser, autant te dire que tu vas passer un sale quart d'heure ! Tu as passé l'après-midi ici, tu as loupé ton rendez-vous et tu m'as énormément aidé. Alors prend cette enveloppe et ne me fait pas chier mon petit. Non, mais, et puis regarde un peu comment tu m'obliges à parler !

Son langage soudain très familier me surprend puis je pars en fou rire tout en prenant l'enveloppe.

— Promis je ne dis plus rien, merci Gisèle.

Ce soir c'est le réveillon de Noël, Lucas vient de rentrer, je l'entends courir jusqu'à sa chambre et claquer la porte. J'entends Cécile hausser le ton, au milieu des cris je réussis à en comprendre quelques brides. Sa belle-mère a très mal pris le fait qu'un « clochard » comme elle dit vive sous le même toit que son petit-fils.

– Tu es une inconsciente, imagines qu'il fasse du mal à Lucas ou même pire, qu'il l'enlève !

Cécile crie encore plus fort prenant ma défense bec et ongles. J'hésite à venir me présenter, mais j'ai peur d'envenimer la situation. Quant au milieu du brouhaha, Cécile explique que j'ai sauvé la vie de son fils et qu'elle m'en sera toujours reconnaissante, la mère de Pierre lui répond :

– Si tu surveillais un peu plus ton fils, il n'aurait jamais eu cet accident, tu es complètement irresponsable, je l'ai toujours dit, mais Pierre ne m'a jamais écoutée !

Le bruit d'une gifle retentit, sûrement Cécile qui s'est emportée.

– Ma pauvre fille je compte bien dès lundi me rendre chez une assistante sociale, je vais l'avertir que mon petit-fils est en danger par ta faute et demander sa garde.
– Sors de chez moi vieille folle ! Lucas n'a jamais

été aussi heureux depuis la mort de son père et c'est grâce à Sylvain, on ne peut pas en dire autant des fois où il revient de chez toi.

La porte claque. Je n'ose plus bouger, ne sachant quoi faire, mais des bruits de pleurs m'alertent. Je sors de ma chambre et trouve Cécile à terre, dos contre le battant, les jambes repliées sur elle-même. Je me mets à sa hauteur et la prends dans mes bras.

— Je suis désolé, j'ai entendu la conversation, je ne veux surtout pas te causer de problème je vais préparer mes affaires et partir, c'est la meilleure des choses à faire.

— Non je te l'interdis ! Tout ce qu'elle fait, c'est me harceler. On ne s'est jamais entendu. Et depuis la mort de Pierre, c'est pire, elle essaie constamment de me mettre des bâtons dans les roues, mais je refuse de la laisser gagner ! Tu restes ici et elle peut faire ce qu'elle veut, elle n'aura jamais gain de cause. Mon fils est en bonne santé, il ne manque de rien, t'héberger ne changera rien à ça, aucune assistante sociale ne m'enlèvera mon fils pour si peu.

— On en reparlera. Comment va Lucas ?

— C'est déjà tout vu ! Il est parti directement dans sa chambre, il faut que j'aille le voir, j'attends juste d'être plus présentable, je ne veux pas qu'il sache que j'ai pleuré.

— Laisse, j'y vais, toi va te passer un coup sur le visage on te rejoint.

En arrivant dans la chambre, je cherche Lucas. Je le trouve assis par terre dans son placard.

– Qu'est-ce que tu fais là bonhomme ?

– Je n'aime pas quand maman et mamie Nicole se fâchent.

– Tu sais ça arrive chez les grandes personnes, mais ça ne veut pas dire qu'elles ne t'aiment pas.

– Oui, mais mamie, elle dit des choses méchantes sur maman tout le temps et moi ça me fait mal. Elle a même dit des choses méchantes sur toi. Je ne veux plus la voir.

– Ta mamie est… Pff ! C'est compliqué bonhomme vraiment, mais tu sais quoi ? Ne pense plus à elle, moi, mon petit doigt me dit que pour le repas de demain, maman aurait bien besoin d'aide. Qu'en penses-tu ?

– Oh ouiiii !

La bombe est désamorcée du côté de Lucas en deux secondes, le voilà prêt à aider sa mère et moi aussi. Nous nous retrouvons tous les trois dans la cuisine à préparer les hors-d'œuvre pour ce soir et demain, le gratin, le dessert. Elle s'avance au maximum afin d'être le plus tranquille possible. Ils ont l'habitude de faire un plateau-repas au réveillon et un bon repas le jour de Noël.

Ce soir au programme : apéro dînatoire devant un film de Noël, tous les quatre. Être là avec Cécile et Lucas à préparer tout, ça me fait moins mal que je ne l'aurais pensé. Ils ont su apaiser ma douleur et la rendre moins vive.

De la journée, Cécile essaie de ne plus penser à ce matin, mais moi cela me hante. Je ne veux pas qu'elle ait des ennuis ou qu'elle perde son fils à cause de moi, alors même si cela me brise le cœur, après Noël je partirais. De toute façon, c'est reculer pour mieux sauter !

On savait, elle comme moi, que ma présence ici n'était que temporaire. Dans moins deux semaines mon plâtre sera retiré, j'arrive maintenant à poser le pied pour marcher quand cela est nécessaire. En attendant, j'irai dans un foyer et commencerai mes démarches pour reprendre une vie « normale » et quand ce sera fait, quand je serais sûr de ne plus être un problème, alors je viendrais les voir de temps en temps, s'ils l'acceptent.

Le reste de l'après-midi et de la soirée se passent tout en douceur et dans la bonne humeur. Nous sommes tous installés, plaid sur les genoux avec un chocolat chaud. Lucas est entre moi et Cécile, sur le canapé, Gisèle sur son fauteuil préféré. Nous regardons « maman j'ai raté l'avion » et rigolons bien. À la fin du film, alors que Cécile emmène Lucas se coucher, il nous fait un bisou, puis nous regarde tous les deux et dit :

— J'adore ce Noël ! J'ai ma mamie, ma maman et mon superman, c'est trop bien, merci maman !

Même si papa me manque, je suis trop heureux, c'est le meilleur Noël de l'univers !

Il prend sa mère par la main et l'entraîne vers sa chambre. Elle me regarde avant de partir et me fait un petit sourire. Gisèle, elle, se met à rire.

– Cet enfant t'a définitivement adopté mon petit.
– Oui c'est bien ce qui me fait peur, je ne veux pas lui briser le cœur quand je partirai, j'ai bien essayé de lui expliquer, mais j'ai fait chou blanc.
– Je ne me fais pas de soucis pour ça, la vie réserve bien des surprises. Demain est un autre jour.

Sur ces derniers mots, elle part se coucher. Ce soir, elle dort à la maison, et a pris le lit de Cécile qui, elle, est partie dans la chambre de Lucas. J'ai longtemps insisté pour laisser mon lit et prendre le canapé, mais j'ai eu un refus catégorique.

Alors que la maison est endormie, je sors de ma chambre et file dans le garage pour amener mes cadeaux sous le pied du sapin, il y en a déjà quelques-uns que Cécile a mis avant d'aller au lit, mais je suis content de voir que dans cette famille, pas besoin de cadeaux à outrance pour faire plaisir. Six en tout sont déjà posés. Je rajoute les miens en espérant que ça leur plaira.

Noël

Je ne sais pas quelle heure il est, mais j'entends Lucas crier dans la maison que le père Noël est passé. Alors que je prends mon temps pour me lever, il déboule dans la chambre sans frapper.

– Debout, debout, debout ! J'ai pas le droit d'ouvrir mes cadeaux si tu n'es pas là. Allez, debout !

Et il repart aussi vite. Je m'habille et les rejoins. La table du petit déjeuner est déjà dressée, on se croirait dans un film de Noël.

– Waouh, mais c'est quoi tout ça ?

Cécile me regarde amusée et me répond.

– Ça, c'est maman qui adore se lever aux aurores le matin de Noël pour tout préparer. On en a toujours dix fois trop, mais on s'habitue.

Gisèle dépose au même moment une assiette de pancakes sur la table.

– Il n'y en a jamais assez ma chérie.

Nous n'avons pas le temps de commencer à déjeuner que Lucas supplie de pouvoir ouvrir ses cadeaux. Cécile lui donne les siens, puis ceux à sa mère. Alors que je vais pour donner ceux que je leur ai fait, elle me tend un petit paquet.

– Ça me tenait à cœur.

Gisèle à son tour me tend une enveloppe et une petite boîte. Je ne m'attendais pas à ce qu'elles m'offrent quelque chose et j'en suis touché. J'ai vraiment l'impression de faire partie de la famille. Avant d'ouvrir leurs présents, je leur donne ceux que j'ai fait. N'ayant pas de papier cadeau, la cabane de Cécile est sous un drap, et ceux de Gisèle et Lucas sont enveloppés dans des chiffons.

– Ce n'est vraiment pas grand-chose, mais je tenais à vous remercier pour tout ce que vous avez fait pour moi ces dernières semaines.

Gisèle ouvre son paquet et découvre une boîte à clés. J'ai peint sur le dessus des petits oiseaux. Elle est simple, mais elle lui ressemble.

– Je vous ai à plusieurs reprises entendu dire que vous perdiez tout le temps vos clés chez vous, alors je me suis dit qu'au moins vous sauriez où elles sont.
– C'est toi qui l'as faite ?

Elle semble émue.

– Oui, mais ce n'est pas grand-chose.
– Oh si, c'est beaucoup, merci mon petit.

Lucas découvre toute une série de petits animaux en bois.

– Maman regarde le père noël m'a ramené des animaux, ils sont trop beaux !

– Oui je vois ça mon chéri, le père Noël est trop fort !

Il court jusque dans sa chambre, chargé de tous ses cadeaux.

Cécile me regarde, intriguée, et se demande sûrement où et comment j'ai pu fabriquer tout ça.

Elle fixe le paquet posé devant elle ainsi que l'enveloppe.

– Commence par l'enveloppe.

Elle hésite, et l'ouvre. Il ne faut pas deux secondes pour qu'elle se mette à pleurer. Ses yeux ne quittent pas le papier et elle me regarde surprise.

– Mais comment ?

Elle me sonde avant d'oser soulever le drap. Quand elle regarde enfin en dessous, elle pleure de plus belle. Tout à coup, je me demande si c'était une bonne idée.

– Merci.

Elle se jette dans mes bras et pleure de nouveau. Quand Gisèle voit la cabane, elle comprend, et elle aussi se met à pleurer discrètement.

— Je suis désolé, je ne voulais pas te blesser. Quand j'ai vu les plans et sa lettre, je cherchais une idée de cadeau et je me suis dit que cela te ferait sûrement plaisir.

— Oh non ! Ne t'excuse pas, c'est de joie que je pleure. Cette cabane est magnifique, c'est la représentation de la maison de mes rêves. Pierre m'avait toujours dit qu'un jour il me la construirait, mais il n'en a jamais eu le temps. Je ne savais même pas qu'il avait fait des plans.

Elle contemple la maison comme un trésor, regarde chaque détail.

— Je n'ai jamais remis les pieds dans son atelier après sa mort, cette pièce était comme interdite dans ma tête.

— J'espère que tu ne m'en voudras pas d'y être allé.

— Non, je t'en serai éternellement reconnaissante. Cette lettre de lui, c'est tout ce qui me manquait. Merci Sylvain !

Gisèle s'essuie de nouveau les yeux et tape dans ses mains.

— Bon, il est temps d'ouvrir tes cadeaux mon petit !

J'attrape celui de Cécile et l'ouvre. Sur le coup je ne comprends pas, des clés... Puis ça me frappe.

– Je veux que tu restes vivre avec nous, ne repars pas une fois ton plâtre enlevé. Ne retourne pas dans la rue. Lucas a besoin de toi, j'ai besoin de toi dans ma vie. S'il te plaît.

– Je... Euh... Je ne sais pas quoi dire. Je ne peux pas Cécile, pas après ce qui s'est passé hier matin. Il est hors de question que je sois un obstacle dans ta vie. Ta belle-mère veut te prendre Lucas à cause de moi. Je ne peux pas.

– Mais elle ne pourra jamais faire ça, Lucas est bien ici, et tu y as ta place aussi. Tu as tellement fait pour nous, il est inconcevable que tu retournes dans la rue, je te l'interdis !

Je la sens à couteaux tirés, entre colère et envie de pleurer.

– Calmez-vous mes enfants. Je crois que tu devrais ouvrir les miens, Sylvain. Pour le reste, nous en discuterons plus tard.

J'ouvre alors l'enveloppe et en sors des papiers. Dessus en gros caractère est inscrit « Contrat à durée indéterminée ». Je lève les yeux vers Gisèle et celle-ci prend la parole.

– Mon petit, tu es entré dans nos vies au moment où on s'y attendait le moins et tu as tout changé, j'ai vu tes yeux quand tu es entré au magasin, cette étincelle que je n'avais pas vu une seule fois depuis ton arrivée. J'ai besoin de quelqu'un pour m'aider et tu as besoin d'un travail pour reprendre ta vie en main. Alors ce n'est pas grand-chose, ce n'est qu'un mi-temps, mais je serais honorée que tu acceptes de venir travailler avec moi. Tu es le fils que nous n'avons jamais eu, mon mari et moi. Après Cécile, nous avons essayé d'avoir un autre enfant, mais nous n'avons jamais réussi. Je suis sûre que mon mari aurait souhaité la même chose. Tu as sauvé mon petit-fils de la mort et ma fille du néant. Tu nous as sauvés, alors à mon tour de faire quelque chose pour toi. Laisse-moi être cette mère dont tu as tant manqué, laisse-moi te sauver à mon tour, tu le mérites tellement.

Je reste là, à la regarder et à pleurer. Ses mots, sa gentillesse, son amour. Autant de choses qui me percutent en plein cœur. Il y a quelques semaines j'aurais refusé, mais maintenant je veux m'en sortir, je veux de nouveau vivre.

– D'accord, c'est d'accord.

Je la prends dans mes bras et pleure contre son épaule.

– Merci, Gisèle, merci pour tout.
– Alors tu acceptes de vivre avec nous ? Me demande Cécile.
– Cela ne change rien au fait que, si je reste ici, tu auras des problèmes ! J'en crève d'envie, mais...
– Attendez mes enfants ! Je n'étais pas au courant

de ce qu'allait faire Cécile, mais, afin de ne pas juste te proposer un travail, j'ai aussi prévu autre chose. Ouvre la boîte.

Dans celle-ci se trouve un trousseau de clés.

– Il y a un petit studio au-dessus du magasin, il n'est pas très grand, mais je me suis dit que pour redémarrer une nouvelle vie, ce serait suffisant.

Elle me coupe alors que j'allais lui répondre.

– Attend ! J'ai appris à te connaître et je sais que tu allais dire non, car tu ne veux rien devoir à personne. Alors je te le loue. Pour cinquante euros par mois. Il est hors de question que tu payes un vrai loyer, mais au moins tu ne pourras pas non plus dire que tu es redevable.

Elle se tourne vers Cécile.

– Je sais que tu veux qu'il reste ici ma chérie, mais parfois on a aussi besoin d'être seul et de se prouver que l'on peut y arriver. Et puis, ça laissera le temps de régler le problème avec Nicole. Et si un jour il veut revenir vivre ici, et que tu le souhaites aussi, alors je récupérerais l'appartement. Qu'en pensez-vous tous les deux ?

Nous acquiesçons en même temps et venons dans les bras que Gisèle nous tend. Une nouvelle vie

s'offre à moi, un nouveau départ et cette fois j'essayerais de ne pas tout foutre en l'air.

Blotti contre elles, je ferme les yeux, mais quand je les rouvre je ne suis plus au même endroit. Que se passe-t-il ? Je tourne la tête et...

— Éloïse ?

Le choix

– Éloïse ? Thomas ? Mais qu'est-ce qui se passe ? Pourquoi suis-je là ?

– Bonjour mon amour.

– Bonjour papa.

Ils sont là juste devant moi, et je suis complètement perdu.

– Que se passe-t-il ?

Un homme apparaît à côté d'eux, tout de blanc vêtu, et prend la parole.

– Tu dois te poser mille questions et tu te demandes avant tout ce que tu fais là. À la demande d'Éloïse, nous avons voulu te montrer ce que serait ta vie si tu te réveillais Sylvain. Je suis l'ange Raphaël. Tu as eu un accident et tu es dans le coma. Cela fait des jours que tu refuses de revenir parmi les vivants. Tu as un choix à faire : vivre ou mourir.

– Mais non c'est impossible je me suis réveillé et Cécile était là, j'ai accepté d'aller chez eux, j'ai promis à ma famille de saisir ma chance et je l'ai fait. Je n'ai pas rêvé, c'est impossible.

– Si mon amour, quand nous t'avons dit au revoir avec Thomas, tu as refusé de partir.

– J'ai alors voulu te montrer ce qui t'attendait. Tu peux être heureux sans eux, tu peux reconstruire une vie normale. Ton heure n'est pas venue Sylvain, pas encore. Mais si tu décides tout de même de rester, alors nous t'accueillerons.

L'ange à l'air bienveillant.

— Mais... Je... Je ne sais pas.

— Sylvain mon amour, deux choix s'offrent à toi. Rester ou partir. Rester avec nous, ou bien te réveiller et enfin vivre ta vie. Tu peux être heureux, Cécile et Lucas ont besoin de toi pour se reconstruire eux aussi.

— Non, je ne veux pas vous laisser. Si vous me donnez le choix, alors je veux rester avec Éloïse et Thomas !

Je me sens complètement perdu.

— Tu es sûr ? Car ta décision sera définitive et aura des conséquences en bas.

— Quelles conséquences ?

— Et bien, pour commencer, Cécile s'en voudra sûrement toute sa vie de ne pas avoir surveillé son fils et d'avoir causé la mort d'un homme. Lucas quant à lui, continuera d'être malheureux. Gisèle finira par fermer son magasin pour aider sa fille.

Je ne sais plus quoi faire. La vie m'offre une nouvelle chance et je sais ce que j'ai vécu, tout ceci ne peut pas être possible...

Je me rappelle de chaque sensation, de chaque émotion. Ils ont besoin de moi en bas tout comme j'ai besoin d'eux. Mais comment imaginer laisser ma femme et mon fils, comment imaginer les abandonner eux aussi ? Je sens que ma tête va exploser. Je ne sais plus quoi faire, plus quoi penser. Mon dieu aidez-moi !

– Il est l'heure Sylvain. Partir ou rester, tu dois prendre ta décision. Tu dois choisir.

J'ai beau chercher, je n'ai qu'une seule décision à prendre : peu importe les conséquences. C'est une évidence et j'espère qu'un jour on me la pardonnera.

FIN

Fiches personnages

SYLVAIN

36 ans né le 10/03/1983 à Nantes
Vis à Lyon
Ancien chef d'entreprise

Physique :
1m90 pour 80Kg.
Avait un physique de sportif avant de sombrer.

Voix :
Grave et chaude

Trait particulier :
SDF qui essais d'être le plus propre possible.

Goûts :
Aimait lire et aller au cinéma.

Qualités :
Sérieux, loyal et protecteur

Défauts :
Râleur et maniaque

Tics, manies :
Se frotte à longueur de temps les mains sur son jean de-puis qu'il est dans la rue

Coin de la lèvre qui se soulève quand il veut charmer

Peurs :
Peur de vivre à nouveau.

CÉCILE

30 ans né le 15/05/1988 à Lyon
Vis à Lyon
Agent immobilier

Physique :
1m60 pour 58Kg.

Voix :
Douce et rassurante

Trait particulier :
Anéantie par la mort de son mari.

Goûts :
Aime prendre de longs bains pour lire
Aime les soirées calmes à la maison

Qualités :
Douce, honnête

Défauts :
Trop peu confiance en elle

Tics, manies :
Joue tout le temps avec ses cheveux

Peurs :
Peur de vivre seule.

Remerciements

Un grand merci à Marine (cover my ebook), la tâche n'était pas facile, mais tu as su trouver LA couverture parfaite pour ce nouveau bébé.

Ma Françoise, une merveilleuse rencontre qui a donné une belle amitié, merci pour tes corrections et ton œil de lynx.

Nikky, Lyly, Sandra, Titi. Merci !

Ma marie et Maritza vous avez toujours été là depuis mes débuts merci.

Christine, j'ai une belle pensée pour toi aussi, je n'ai pas besoin de préciser pourquoi tu comprendras, merci.

Mon mari qui, même s'il n'a pas le droit de lire, me soutient toujours autant.

Et surtout, merci à toi Chérie sans qui cette histoire n'aurait sûrement pas vu le jour, tu as su me rebooster comme personne. Tu es toujours là à mes côtés et je ne t'en serais jamais assez reconnaissante. Corrections, répétitions, ponctuations et surtout passages à retravailler, tu sais me pousser dans mes retranchements pour en faire ressortir le meilleur. Je te vamps.

Et enfin merci à vous qui avez pris le temps de découvrir ce nouveau livre, je suis sortie de ma zone de confort alors j'espère qu'il vous aura plus. Merci de votre confiance, c'est énorme.

N'hésitez pas à venir me donner votre avis sur ma page facebook : Nessa auteur.

Dépôt légal : Mai 2019
ISBN : 979-10-94702-09-3

Imprimé par BOD
Couverture: Cover my ebook